ミロとチャチャのふわっふわっ

作　野中　柊
絵　寺田順三

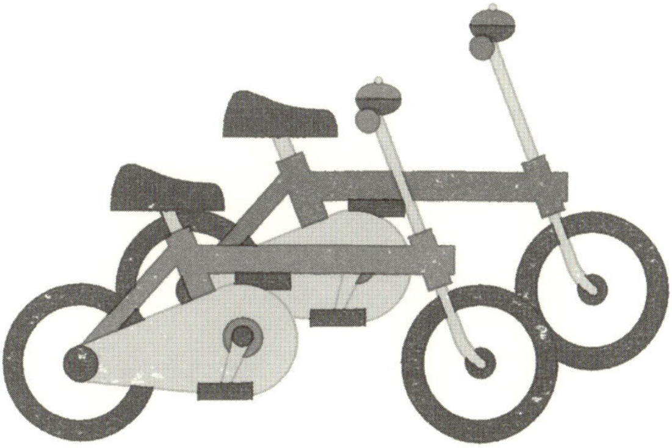

なにか、いいことが　ありそうだなあ。
みけねこの　ミロは　おもいました。
おうちの　まどから　そらを
みあげているときでした。

　あおい　そらには、まっしろな
くもが　うかんでいました。
　ふわっふわっ。ふわり。ふわり。
　かぜに　ながされて、すこしずつ
うごいていきます。

くもくん。
どこへ　いくの？
ぼくも　つれていってくれないかい？

こころの　なかで　つぶやいたら……

りん　りん　りん。りりりん　りん。
ベルの　おとがしました。
じてんしゃの　ベルです。
たのしげな　おとをさせているのは、
ちゃとらの　ねこの　チャチャでした。

おうちの　まえに　じてんしゃを　とめ、
「やっほう。おてんきが　いいね」
げんき　いっぱいの　こえで　いいました。
「やあ。こんにちは」
ミロも　きげんよく　いいました。

「チャチャ、おでかけなの？」
「うん。そうだよ」
「どこへ？」
「どこだと　おもう？」
「さあ？」
　ミロは　くびを　かしげました。
　すると、チャチャは　にゃあにゃあ
わらって、
「とっても　いいところへ　いくのさ」
と、とくいそうにするのです。
　そして、ペダルを　ぐいっと　こいで、
「じゃあねえ。またねえ」
　いきおいよく　はしりだしました。

おい。おい。おい。

こうしちゃいられないぞ！

ミロも　あわてて　そとに
とびだしました。

　じぶんの　じてんしゃに
ぴょん！　と　のって、
チャチャの　あとを
おいかけます。

えい　えい　えいや！
スピードを　あげました。
だんだん　チャチャに
ちかづいていきます。

でも、もうすぐ　おいつくと
おもったところで、
あれ　あれ　あれれ？
また、はなされてしまいます。

まっすぐな　みち。
まがりくねった　みち。
ぐんぐん　すすんでいくと、
やがて、のはらに　でました。
くさの　なかの　1ぽんみちを、
じてんしゃは　はしっていきます。

そらは　まっさお。
　くさの　みどりが　さわさわと
ゆれています。
　ああ。なんて　きもちが
いいんでしょう。
　じてんしゃの　スピードのせいで、
かぜが　みみもとで　なります。

びゅう　びゅう。
びゅう　びゅう。

　その　おとに　まじって、
「にゃははははは」
　チャチャの　わらいごえが
きこえてきます。

「にゃははは」

　ミロも　わらいました。

「にゃははは　にゃははは」

　チャチャは　もっと　わらいます。

ミロは　やっと　チャチャに
おいつきました。
「ねえ　チャチャ、どこへ
いこうっていうんだい？」
「しりたいかい？」
「うん。すごく」
「じゃあ　ミロ、きみにだけ
おしえてあげようか」
じてんしゃを　とめて、チャチャは
あたりを　みまわしました。

のはらの　なかの　いっぽんみちには、
２ひきの　ほかには　だあれも　いません。

「じつはね、このへんに、たからものが
　あるらしいんだ」
「たからもの？」
「そうなんだよ」
「なんだい、そりゃ？」
「……わからない」
　チャチャは、ひどく
まじめな　かおをして　いいました。
「わからないけど、ぼくの　アンテナが
　しらせてくれたんだよ。
　だれにも　ないしょの、
　ひみつの　たからもののことを」
　ねこは、どんな　ねこでも、アンテナを
もっています。それは　みみの　あたりに
あるのです。

まえあしを　ちょちょいと　なめて、
ぐり　ぐり　ぐり。
とがった　みみの　わきを　こすると、さまざまな　ニュースが　はいります。
そうです。ちょうど　ラジオみたいなものです。

もちろん、ミロも　アンテナを
もっていますから、まえあしを　なめて、
ぐり　ぐり　ぐり。
みみの　わきを　こすってみました。

　そして、しばらくしたら、ぴくりと
ひげを　ふるわせました。
「ああ。ほんとだ！」
「ね？」
「たしかに、このへんに　あるようだ」
「ね？　ね？」
「だけど、いったい　どんな
　たからものだろう？」
　２ひきの　ねこは　かおを
みあわせました。
「きっと、すばらしいものだよ」
「うん。どうも、そうらしいね」

　とにかく、そいつを
みつけようじゃないか、と　ねこたちは
きめました。
　みちばたに　じてんしゃを
おきざりにして、のはらの　なかへと
はいっていきます。

どこだろう？

どこに　あるんだろう？

さわさわ。
さわさわ。
かぜが　ふきます。
くさが　ゆれます。
しずかな　うつくしい　のはらです。

こっちかな？

こっちで　いいのかな？

　あれ？

　かすかに　おんがくが
きこえてきました。

　きのせいかしら？
と、ミロは　おもいました。

　でも、チャチャも　みみを　ぴんと
たてて、その　おんがくに
ききいっているようです。

　とても　やさしく、かなしいくらいに
きれいな　メロディでした。
　いつか、どこかで
きいたことがあるような、そんな
なつかしい　きもちにさせられます。
　２ひきは　おんがくが
きこえてくるほうへと、いっぽいっぽ
すすんでいきました。

だんだん、おとが
はっきりとしてきます。
こっちだよ。
こっちだよ。
と、くさが　ゆれます。

　やがて、ミロと　チャチャは、おおきな
きの　したに　たどりつきました。
　どっしりと　みきが　ふとく、
えだが　ながく、こい　みどりの　はが
いっぱい　ついていました。
　その　こかげは、ひとやすみするには、
ちょうど　いいかんじでした。

　ねこたちは、ごろりと
よこに なりました。
　こもれびが、きらきら　きらきら
ふりそそぎます。
「きれいだねえ」
「ほんとにねえ」
　からだが、ぽかぽかと　あたたまります。
「この　おんがくは、どこから
　きこえてくるんだろう？」
　チャチャが　しあわせそうに
いいました。
「うーん。わかんないけど、
　まるで　そらから
　ひの　ひかりと　いっしょに
　ふってくるみたいじゃない？」
　ミロも　うっとりとして　こたえました。

と　そのとき、チャチャが　いきなり
おきあがって　さけびました。
「あ！　あれあれ？　あれを　みて！」
「え？　どこ？」
「きの　うえだよ。そらの　ちかくだよ」

まぶしかったけれど、ミロは　めを
しっかりと　ひらいて、きの　うえ、
そらの　ちかくを　みつめました。

そして、

「あ！　あれあれ？」

つい　おおきな　こえを
だしてしまいました。

チャチャが　みつけたものが
なんだったのか、ミロにも
わかったのです。

それは、ぎんいろの
アコーディオンでした。

　きの　えだの　うんと　たかいところに
ひっかかって、かぜに　ゆうらり
ゆうらりと　ゆれていました。
　きの　はも　ゆれて、しろい
けんばんに　あたります。
　かぜが　ふくたびに　あたらしい
おとが　うまれ、メロディになって
のはらに　ひびきわたっているようです。

「あれだったんだね。ぼくたちを　ここに
　まねいてくれたのは」
　チャチャの　ことばに、ミロも
うなずきました。
「うん。かぜが　おんがくを
　かなでてるんだね」
　アコーディオンは、ひの　ひかりを
うけて　かがやいていました。

「たからものだねえ」
「そうだねえ」
　２ひきは、しばらく　われを
わすれて、おんがくに　みみを
かたむけました。
　そして、あおぞらの　ちかくにある
がっきを　みあげていました。

　でも、いつまでも　じっとしては
いられません。
　やんちゃな　ねこたちは、きに
よじのぼりました。
　どこまでも　どこまでも。
　たかく、たかく。
　アコーディオンの　そばまで　いくと、
えいっ！　えだに　とびうつりました。
　それから、つぎの　しゅんかん、
２ひきは　めを　まんまるにしました。
　おやおや？　どうしたことでしょう？
　アコーディオンの　なかから、
むくむく　むくむく、
しろい　ものが　でていたのです。
　けむりかな？　ゆげかな？
　いったい、なんでしょう？

ふわっふわっ。

ふわり。

ふわり。

「わたがしだ！」
　チャチャが　すばやく、その　しろい
ものを　つかまえました。
　なんたって　くいしんぼうの　ねこです。
　さっそく、ちぎって　くちに
いれました。
「あまーい！」
　とろけそうな　かおをしました。
「ほらね、やっぱり　そうだ。
　これは　わたがしだよ」
「わたがし？」
「うん。ミロ、きみも　たべてごらんよ」
　ミロは　ちょろりと　したを　だして、
なめてみました。
「にゃ　にゃ　にゃ！」

　チャチャの　いうとおりでした。
　あまくて、ふわっふわっ。
したの　うえで　しゅっと　とけます。
　２ひきは、やわらかな　しろいものを
つかまえては、おおよろこびで
たべました。

ミロと　チャチャが
つかまえそこねたものは、

ふわっふわっ。
ふわり。
ふわり。

あおい　そらに　うかびあがって、
くもになりました。
いくつも。
いくつも。
そらの　たかみを　めざしていきます。

「あの　くもは、
どこへ　いくんだろうね？」
ミロが　いいました。

「さあ？　どこだろう？」
チャチャは　はなを
ぴくつかせました。

「ぼくたちには、しらないことが
　たくさん　あるね」
「うん。せかいは　ひろいからね」
　ねこたちは、ほんの　すこしだけ、
さびしい　きぶんになりました。
　なぜなのでしょう？
　そらは　こんなに　あおいのに。
　かぜは　こんなに　ここちよいのに。
　そして、のはらは　すばらしく
うつくしいのに。
　はるか　とおくへ　いける　くもが、
うらやましくなったのでしょうか。

　チャチャは　えだの　うえで、
「にゃあああああ」
と、なきました。

ミロは、もっと　おおきな　こえで、
「にゃあああああああ」
と、なきました。

　ひげが　ぷるぷるっと　ふるえます。
　しっぽが、ゆうらり　ゆうらりと
ゆれます。
　とがった　みみの　おくが
なんだか　くすぐったくなって、
２ひきは　にゃあにゃあ、
こえを　そろえて　わらいました。

のはらには、いつまでも、かぜの
おんがくが　なりひびいていました。

作　**野中　柊**（のなか ひいらぎ）
1964年生まれ。東京都在住。「ヨモギ・アイス」で海燕新人文学賞を
受賞して作家デビュー。小説作品に『小春日和』（集英社文庫）、
『ジャンピング☆ベイビー』『ガール　ミーツ　ボーイ』（新潮社）、
『ひな菊とペパーミント』（講談社）、『あなたのそばで』（文藝春秋）、
『きみの歌が聞きたい』（角川書店）など、童話作品に
「パンダのポンポン」シリーズ（長崎訓子 絵／理論社）など著書多数。
翻訳絵本に『すてきなおうち』（マーガレット・ワイズ・ブラウン 作／フレーベル館）がある。

絵　**寺田順三**（てらだ じゅんぞう）
1961年生まれ。大阪府在住。イラストレーターとして活躍。
オリジナルの雑貨などを扱う「カムズマート」というお店を持つ。
作絵をてがけた絵本に『タビの雑貨屋』（学習研究社）、
装画の作品に『幸せの絵本』（金柿秀幸 編／ソフトバンククリエイティブ）
など多数がある。近刊では読売新聞の連載をまとめた『ミーナの行進』
（小川洋子 作／中央公論新社）でイラストを担当した。
ホームページ　http://www.comes-graphic.jp

すきっぷぶっくす・1
ミロとチャチャのふわっふわっ　作　野中　柊　　絵　寺田順三

2006年6月　初　版
2011年11月　第2刷

発行者　岡本雅晴
発行所　株式会社あかね書房
〒101-0065　東京都千代田区西神田3-2-1
電話　03-3263-0641(代)
http://www.akaneshobo.co.jp
印刷所　株式会社精興社　　製本所　株式会社ブックアート

ISBN978-4-251-07701-1　C8393　NDC913　63p　22cm
落丁本・乱丁本はおとりかえいたします。
定価はカバーに表示してあります。